GUÍA DE LECTURA

Escrita por Vincent Guillaume
Traducida por Laura Soler Pinson

El existencialismo es un humanismo

de Jean-Paul Sartre

Entiende fácilmente la literatura con

ResumenExpress.com

www.resumenexpress.com

JEAN-PAUL SARTRE 1

Escritor e intelectual francés

EL EXISTENCIALISMO ES UN HUMANISMO 2

Comprender el existencialismo sartriano

RESUMEN 3

La existencia precede a la esencia
La exigencia de la elección
El otro, la condición de nuestra existencia

PUNTOS DESTACADOS 9

Oponerse a una fama agitada
La filosofía de la existencia
Problemática de la vulgarización

CLAVES DE LECTURA 14

Del existencialismo al humanismo
El optimismo del compromiso
Un ateísmo coherente

PISTAS PARA LA REFLEXIÓN 20

Algunas preguntas para profundizar en su reflexión...

PARA IR MÁS ALLÁ 22

JEAN-PAUL SARTRE

ESCRITOR E INTELECTUAL FRANCÉS

- **Nacido en 1905 en París (Francia)**
- **Fallecido en 1980 en París (Francia)**
- **Algunas de sus obras:**
  - *La náusea* (1938), novela
  - *A puerta cerrada* (1944), obra de teatro
  - *El existencialismo es un humanismo* (1946), ensayo filosófico

Jean-Paul Sartre es un escritor y filósofo francés nacido en 1905 en París y fallecido en 1980. Celebrado y rechazado a partes iguales por su pensamiento existencialista, Sartre es el autor de varios ensayos como *El ser y la nada* (1943) o *El existencialismo es un humanismo* (1946). También escribe muchos textos literarios en los que desarrolla con profundidad su filosofía y su definición de la literatura: *La náusea*, novela publicada en 1938, *Las moscas*, obra de teatro de 1943, o *A puerta cerrada*, editada en 1944. En 1964, rechaza el Premio Nobel de Literatura y publica *Las palabras*, un relato autobiográfico sobre su juventud. Conocido igualmente por ser la pareja de Simone de Beauvoir (mujer de letras francesa, 1908-1986), Sartre ha dejado huella tanto por su actividad como escritor como por su compromiso político de extrema izquierda.

EL EXISTENCIALISMO ES UN HUMANISMO

COMPRENDER EL EXISTENCIALISMO SARTRIANO

- **Género:** ensayo
- **Edición de referencia:** Sartre, Jean-Paul. 2007. *El existencialismo es un humanismo*. Traducido por Victoria Praci de Fernández. Barcelona: Edhasa. Ebook en epub
- **Primera edición:** 1946
- **Temáticas:** filosofía, libertad, responsabilidad, compromiso, ateísmo

El existencialismo es un humanismo (1946) es la transcripción de una conferencia, ligeramente modificada por Sartre, que da en 1945 en el club Maintenant, creado tras la Liberación. Esta conferencia cosecha un inmenso éxito, lo que demuestra la fama de Sartre —una fama que a menudo viene acompañada de una incomprensión del filósofo, y esta es una de las razones por las que quiere tomar la palabra.

Sartre explica en qué consiste realmente su filosofía, responde a los reproches que se le hacen, presenta al hombre en su libertad y su responsabilidad totales y demuestra que, lejos de ser pesimista, lo que el existencialismo propone es la acción y el compromiso.

RESUMEN

LA EXISTENCIA PRECEDE A LA ESENCIA

Sartre expone los principales reproches que se le hacen al existencialismo:

- para los comunistas, se trata de una filosofía burguesa de la acción imposible;
- para los católicos, es un pesimismo que niega la importancia del esfuerzo humano suprimiendo los valores divinos.

Todos acusan al existencialismo de carecer de solidaridad humana por un subjetivismo que aísla al individuo. En términos generales, la gente piensa que el existencialismo es triste y feo, aun cuando su propia «sabiduría de las naciones» (Sartre 2007, 3) parece igual de deprimente, según Sartre.

Para el existencialismo ateo, la existencia precede a la esencia. Hasta entonces, los filósofos desarrollaban la idea de que el hombre está determinado por una naturaleza humana, como un objeto manufacturado cuya esencia precede a su existencia (su utilidad, el método de producción y todo aquello que permite definirlo precede y condiciona a su fabricación). Pero, para Sartre, «surge en el mundo» (Sartre 2007, 3): por lo tanto, no hay una naturaleza humana, el hombre es como él se concibe y como él se quiere.

El hombre es percibido como un proyecto. Es responsable

de sí mismo, y el existencialismo quiere que sea consciente de esto. Esta filosofía parte de una doble subjetividad, individual y humana: cuando elegimos y actuamos individualmente para convertirnos en lo que queremos ser, nos convertimos en un proyecto que consideramos válido para todo el mundo, puesto que lo que pensamos que es la buena elección para nosotros refleja una imagen del hombre tal y como pensamos que debe ser. Cuando tomamos conciencia de la enorme responsabilidad que recae sobre nosotros y sobre los demás, en el momento en el que el hombre debe elegir cuando no sabe a qué valores aferrarse, esto nos provoca angustia.

LA EXIGENCIA DE LA ELECCIÓN

Frente a la inexistencia de Dios, el hombre está en una posición de desamparo (noción del existencialismo que va acompañada de la angustia), y se trata de sacar conclusiones: lo que está bien ya no está escrito en ninguna parte ni es determinable *a priori*. El hombre está abandonado a sí mismo y está «condenado a ser libre» (Sartre 2007, 7): es completamente responsable tanto de sus pasiones como de su interpretación del mundo. Como si se tratara del dilema moral al que se enfrenta un estudiante que se debate entre quedarse junto a su madre o, por mucho que le pese, abandonarla para enrolarse en la Resistencia y así vengar a su hermano y ayudar a su país, deben establecerse dos tipos de moral:

- la ayuda individual e inmediata;
- la acción a gran escala, más ambigua (¿quién puede

saber de antemano si tendrá un papel importante o insignificante?).

Ninguna doctrina establecida puede resolver este dilema. Elegir siguiendo los sentimientos también es ilusorio, puesto que decidir que acabamos por darle más importancia a una madre que a un país solo puede justificarse por el propio acto de quedarse junto a ella, y no por el hecho de considerarlo. Igualmente, elegir a alguien para que nos aconseje es decidir de antemano la respuesta que queremos escuchar.

Para actuar, el hombre debe ceñirse a tomar en cuenta las probabilidades que atañen directamente a su acción y que la hacen posible. Si nos unimos a la causa marxista, normalmente quiere decir que uno apuesta por un partido unificado y por camaradas dispuestos a comprometerse hasta el final, entre otras cosas. Pero esto también podría no desarrollarse así, puesto que estos son libres. Sin embargo, la probabilidad de que un partido internacional esté unificado no debe entrar en la ecuación, puesto que no depende de la voluntad del que se une a él.

Por consiguiente, hay que actuar sin esperanza, sin hacerse ilusiones, pero sin renunciar a hacer todo lo posible: el existencialismo es una moral de compromiso. Por lo tanto, los reproches de quietismo (privilegiar la contemplación a la acción) no tienen fundamento: al contrario, el existencialismo considera que el hombre solo existe a través de su acción, fuera de ella, no es nada. Se rechaza la justificación de los sueños perdidos por pensar que teníamos potencial para realizarlos, pero que las circunstancias eran desfavorables. Los protagonistas de las novelas de Sartre nos horrorizan porque no solo se nos presentan como cobardes o malvados, sino también como culpables de serlo por sus acciones, por sus elecciones. «Lo que la gente quiere es que se nazca cobarde o héroe» (Sartre 2007, 12): este pensamiento determinista nos reconforta, puesto que implica que si somos cobardes, no podemos luchar contra ello.

Si bien no existe una naturaleza humana, sí que es cierto que el hombre tiene una universalidad (estar en el mundo, ser mortal, ser libre, etc.), a la que llamamos condición, y que lo define a la vez de manera objetiva —puesto que es universal— y subjetiva —puesto que esta universalidad no es nada si el hombre no se determina con respecto a ella. Y es en esta situación, es decir, en un contexto histórico-social preciso, cuando el hombre se determina con respecto a la universalidad de la condición humana. Lo hace en una gran cantidad de proyectos individuales —pero que nunca son ajenos por completo, puesto que se basan siempre en las mismas características universales del hombre, como la libertad (que nos permite definirnos mediante elecciones). Elegir es un absoluto, un elemento de la condición humana, y cada elección será a partir de ahí comprensible para cualquiera y en cualquier época, sin que por ello perdamos de vista la relatividad de la situación concreta en la que se toma.

El reproche que se le hace al existencialismo con respecto a su supuesto subjetivismo, «pueden elegir cualquier cosa» (Sartre 2007, 15), no es exacto, puesto que la elección es un absoluto inevitable: frente a una situación, elegir no elegir no es una opción, sino una ilusión. Por otra parte, aunque no tenemos ninguna escala de valores a la que recurrir, la elección no es un acto gratuito, ni un capricho, en tanto en cuanto se hace en contexto y compromete a toda la humanidad.

EL OTRO, LA CONDICIÓN DE NUESTRA EXISTENCIA

El existencialismo convierte al *cogito* («Pienso, luego soy») de Descartes (filósofo, matemático y físico francés, 1596-1650) en la única verdad absoluta: la conciencia se encuentra a sí misma y constata que existe por el mismo hecho de pensar. Sin embargo, en el existencialismo, no nos descubrimos a nosotros mismos únicamente a través del *cogito*, sino también a través del otro: «El otro es tan cierto para nosotros como nosotros mismos» (Sartre 2007, 13). El otro es, por añadidura, la condición de nuestra existencia: solo podemos definirnos (por ejemplo, como malvados, espirituales, etc.) en relación con la manera en la que nos percibe. Cuando reconocemos en el otro a una «libertad colocada frente a mí, que no piensa» (*ib.*), descubrimos la intersubjetividad, un mundo en el que los hombres se definen los unos a los otros.

Uno de los reproches que se le achacan al existencialismo es: «no pueden ustedes juzgar a los demás» (Sartre 2007, 15). Si el hombre elige su proyecto de forma lúcida y sincera, efectivamente, no hay nada que decir. Pero se puede juzgar si hay elecciones que se basan en la verdad y en la coherencia, y otras, en la mala fe, como el rechazo de la libertad, el hecho de esconderse detrás de un determinismo. Además, la libertad es el significado último de los actos de buena fe, y esta libertad como objetivo (no en tanto en cuanto forma parte de la condición humana) depende de la libertad de todos: si tomamos la libertad como objetivo, estamos tomando necesariamente la libertad de todos como objetivo. Así, en el plano de la autenticidad, podemos juzgar a aquellos que rechazan esta libertad. Sartre llama cobardes a aquellos que inventan excusas deterministas; e inmundos, a aquellos que afirman que la existencia humana era necesaria (es decir, aquellos que consideran que es un derecho, y no un azar, y así es como perciben como definitivos sus privilegios y posiciones).

Hay un último reproche que asegura que los valores inventados no serían serios «porque [ustedes] los eligen» (Sartre 2007, 19). Sartre responde que cuando se suprime a Dios, no hay otra solución. *A priori*, la vida no tiene sentido: es el hombre el que se lo da al vivirla. Así, es posible una comunidad humana, lo que lleva a Sartre a distinguir dos formas de humanismo: el clásico, que él critica en sus escritos, ensalza a la humanidad como fin y como valor superior; el humanismo existencialista exime al hombre de que se juzgue a sí mismo, no lo considera como un fin, puesto que siempre está en proceso. Para él, el hombre va formando su existencia cuando persigue objetivos trascendentales, cuando persigue lo que no es pero lo que puede llegar a ser, siempre ciñéndose a un universo humano, el de su propia subjetividad. Es un humanismo porque el hombre está considerado como el único legislador, y se realiza como humano cuando busca objetivos externos a él.

PUNTOS DESTACADOS

OPONERSE A UNA FAMA AGITADA

Cuando Sartre da su conferencia titulada *El existencialismo es un humanismo*, ya es muy famoso por obras literarias como *La náusea* (1938) y los dos primeros volúmenes de *Los caminos de la libertad* (*La edad de la razón* y *El aplazamiento*, 1945-1949), que justo acaba de publicar. Su literatura nos facilita el acceso a su pensamiento, y tiene un desarrollo paralelo al de la filosofía que se dedica a construir desde los años treinta, y cuyo punto culminante es *El ser y la nada* (1943). Este texto filosófico complejo contribuye a confirmar la fama de Sartre, pero paga el precio de una incomprensión de su trabajo.

En ese momento, la gente desconoce el existencialismo y lo relaciona con algo feo y cínico, que se asemeja a los personajes de la literatura sartriana, abúlicos y de una lucidez espantosa. La prensa expone las ideas más chocantes de Sartre descontextualizadas. Los intelectuales se limitan a emitir prejuicios sobre una amoralidad antihumanista y condenan esta filosofía de la libertad como si fuera una filosofía de la desesperación:

- los marxistas lo acusan de quietismo y de un subjetivismo incapaz de salir de sí mismo para pensar en los demás;
- los católicos lo acusan de suprimir, en nombre de la libertad, los valores morales que existen desde los orígenes, y de desafiar cualquier empresa humana mediante este relativismo peligroso.

Así, Sartre es un escritor polémico, aun cuando las opiniones están divididas. De hecho, también hay una parte del público que defiende su obra, y que la elogia por su valor literario; además, suscita el entusiasmo de una juventud a la que Sartre está acusado de corromper.

Por lo tanto, parece natural que para responder a las críticas, Sartre haya intentado poner las cosas en su sitio. Al hacerlo, justifica su existencialismo, y le garantiza un lugar en el paisaje intelectual de la época. Además, no es la primera vez que lo hace: ya había explicado sus teorías en el semanario comunista *Action* en diciembre de 1944, y para dar continuidad a la particularidad de su doctrina, acaba de fundar la revista *Los tiempos modernos*, cuyo primer número se publica en octubre de 1945. En términos generales, Sartre quiere acercarse a las ideas de izquierda y luchar por la colectividad junto a los comunistas, pero sin hacer concesiones ideológicas.

LA FILOSOFÍA DE LA EXISTENCIA

Sartre introduce como novedad la constitución de la filosofía existencialista como una doctrina definida claramente, y eso que nada hace presagiar que así vaya a ser, puesto que se había adscrito con anterioridad a la fenomenología de Husserl (filósofo y lógico alemán, 1859-1938) y de Heidegger (filósofo alemán, 1889-1976). Uno de los objetivos de la conferencia es el de establecer la diferencia entre su existencialismo ateo y el existencialismo cristiano representado, entre otros, por Gabriel Marcel (filósofo y escritor francés, 1889-1973) y por Karl Jaspers (filósofo y psiquiatra alemán,

1883-1969) —*su* existencialismo porque, para el público, el existencialismo es Sartre. De hecho, este último rechaza inicialmente el término «existencialismo», que considera impuesto por los demás y que ha tenido que aceptar, y prefiere hablar de filosofía de la existencia. Pero sea cual sea su denominación, el pensamiento que Sartre construye como doctrina tiene ya una tradición y unas influencias que el creador no esconde:

- en lo que respecta, entre otros, al análisis de la angustia existencial, Sartre se inspira enormemente de los trabajos del filósofo danés Søren Kierkegaard (1813-1855), al que, por otra parte, inscribe en el existencialismo cristiano en *El existencialismo es un humanismo*;
- el existencialismo sartriano tiene una base fenomenológica importante (la fenomenología es el estudio de los fenómenos, de lo que nuestra conciencia capta; fue iniciada por el filósofo alemán Edmund Husserl a principios del siglo XX). Inspirado por la idea husserliana de la intencionalidad de la conciencia, es decir, una conciencia es necesariamente conciencia *de* algo (sin su objeto, no es), Sartre propone que el ser de la conciencia —obligatoriamente diferente al ser del resto de lo que existe, es decir, del resto de los demás entes, puesto que es el único ente que necesita un objeto para ser (a la inversa, un árbol es una cosa que solo se necesita a sí mismo para ser)— se defina como la libertad, puesto que aunque está en el mundo, el mundo no capta la conciencia como una cosa; *está* en el mundo, pero no *es* del mundo, está en perpetuo devenir;
- Sartre se inspira también en la ontología (estudio filosó-

fico del ser como ser) de Martin Heidegger, discípulo de Husserl, cuya obra *Ser y tiempo* (*Sein und Zeit*, 1927) influye *El ser y la nada*. Para Heidegger, el hombre es el *Dasein*, el único ente que puede preguntarse acerca de su ser. Así, no coincide con su ser, pero puede remitirse a él; esta capacidad fundamental define la existencia, que él llama el ser del *Dasein*. Sartre retoma esta definición y la asocia a la libertad al oponerla a la esencia fija y definitiva.

PROBLEMÁTICA DE LA VULGARIZACIÓN

Para subsanar los malentendidos y rectificar la imagen deformada que el público tiene del existencialismo, Sartre hace en *El existencialismo es un humanismo* un esfuerzo por simplificar y vulgarizar sus ideas. Pero por ir a lo esencial, quizás se concentra demasiado en lo que supone un problema para el público, dejando de lado el resto. Al hacer sus propias tesis más compactas y accesibles, al sistematizarlas para conformar una doctrina humanista, incluso cabe preguntarnos si acaso no empobrece el pensamiento profundo que presenta en *El ser y la nada*.

Sartre se arrepiente enseguida de haber aceptado que se publique la transcripción de su conferencia, y ya en la conversación que se produce inmediatamente después, reconoce que la divulgación puede quitarle fuerza a sus tesis. «Ocurre a menudo que gentes que no están calificadas para ello vienen a plantearme preguntas. Me encuentro entonces frente a dos soluciones: rehusar la respuesta o aceptar la discusión en un terreno de vulgarización» (Universidad Complutense de Madrid, 2016). Sartre justifica su elección explicando que quitarle fuerza a un pensamiento para que se entienda, como cuando se «exponen teorías en clase de filosofía», no tiene por qué ser negativo, y que, de hecho, si el existencialismo quiere convertirse en una filosofía de compromiso, debe salir de los libros para instalarse en la vida pública.

CLAVES DE LECTURA

DEL EXISTENCIALISMO AL HUMANISMO

Para Sartre, el humanismo clásico solo consiste en decir que «el hombre es asombroso» (Sartre 2007, 19). Considerarse a sí mismo como el fin en base a proezas particulares que se juzgan como las más impresionantes lleva a lo absurdo («sólo el perro o el caballo podrían emitir un juicio de conjunto sobre el hombre», Sartre 2007, 19); rendir culto a una cierta idea de la humanidad lleva al «humanismo cerrado sobre sí» (Sartre 2007, 19).

Sartre rechaza esta idea de humanidad, esta esencia, esta naturaleza humana que encontramos en los humanismos marxista y cristiano, en los que el hombre se define respectivamente en relación con su práctica histórico-social y en relación con una aspiración que trasciende hacia lo divino. El filósofo Sartre reconoce en *El ser y la nada* que el hombre aspira, sin lugar a dudas, a una cierta plenitud, a convertirse en un ser finalizado, pero que este deseo es ilusorio. Dado que el hombre siempre está en proceso, este deseo crea en él una «pasión inútil», un sufrimiento por una carencia constante. Sin embargo, Sartre va a dejar a un lado esta perspectiva pesimista.

El filósofo, que en 1940 es hecho prisionero en el *Stalag* (campo de prisioneros durante la Segunda Guerra Mundial), experimenta en sus carnes la dignidad y la fraternidad humanas; el que fuera un individualista convencido comienza a interesarse por los demás, a dar importancia a las relaciones intersubjetivas. *El existencialismo es un humanismo* es el primer testimonio de las nuevas preguntas que empieza a hacerse tras esta experiencia decisiva, y marca sin duda un antes y un después en su vida intelectual.

Para el filósofo, el hombre no puede renunciar a su libertad ni a su acción, no puede ser sin construirse a sí mismo. En este sentido, está «continuamente fuera de sí mismo» (Sartre 2007, 19), busca objetivos trascendentales para convertirse constantemente en sí mismo —pero, al contrario de lo que ocurre con la trascendencia divina de los cristianos, que está por encima del hombre, se sitúa en un universo humano. Esta asociación de la subjetividad del universo humano con una trascendencia constitutiva es el humanismo existencialista. El existencialismo, como la ontología heideggeriana, confiere al hombre un estatus particular; a diferencia del materialismo (que forma parte, en particular, de la doctrina marxista), no lo convierte en un objeto entre los objetos, un «conjunto de reacciones determinadas» (Sartre 2007, 13), y le otorga así una dignidad particular. El hombre es un proyecto eterno, no se deja captar, reducir o determinar, es libre: por consiguiente, el existencialismo es un humanismo, puesto que el objetivo es convertir al hombre en sí mismo, ponerle frente a su libertad y frente a lo que es.

EL OPTIMISMO DEL COMPROMISO

Los marxistas reprochan al existencialismo su quietismo, que impida que el hombre actúe, representándolo como un ser angustiado, incapaz de decidir si su elección será la correcta o conducirá a un resultado (lo que parece querer decir que todo compromiso es inútil). Si bien es cierto que, en definitiva, nada puede ayudar al hombre en su elección, Sartre contrarresta la acusación marxista recalcando que la acción es necesaria, incluso cuando la elección puede parecer difícil.

Para él, elegir forma parte de la condición humana, de esta parte de universalidad que hay en cada uno. No podemos no elegir: elegimos incluso cuando nos negamos a elegir, puesto que indicamos así nuestra conformidad con la situación actual. Sartre, a partir de la Liberación, se presenta como un intelectual comprometido, que proclama el deber moral para el filósofo o el escritor de tomar partido en los acontecimientos de su época.

En *El existencialismo es un humanismo*, Sartre muestra que el existencialismo hace todo lo posible para poner al hombre frente a la necesidad de actuar: el hombre solo es lo que hace de sí mismo, se define por sus acciones. No se define por lo que podría haber hecho, por sus sueños y ambiciones que no ha llevado a cabo. Un potencial no realizado está perdido y no significa nada. Por otra parte, como somos la suma de lo que hacemos, un acto particular no podrá jamás definirnos completamente: si un día cometemos una cobardía, por muy grave que sea, no quiere decir que seamos cobardes. El pesimismo existencialista es, en realidad, una «dureza optimista» (Sartre 2007, 12) que impide reducirse y lamentarse acerca de lo que podríamos haber hecho (o, también es verdad, impide que lo utilicemos para consolarnos actuando de mala fe).

Si el hombre, al que se considera «condenado a ser libre»

(Sartre 2007, 7), solo se construye por sus elecciones y por sus acciones, entonces ya podemos darles un sentido como punto de partida de una moral. Una moral existencialista es posible en tanto en cuanto asegura la libertad y juzga a los que la rechazan (incluso a aquellos que fingen no ejercerla a través de sus elecciones):

- dado que los hombres están solos frente a su total libertad, cada elección individual compromete a toda la humanidad («Pero en verdad hay que preguntarse siempre: ¿qué sucedería si todo el mundo hiciera lo mismo?», Sartre 2007, 5);
- en el momento en el que se reconoce la libertad como el elemento de base de todos los valores, un juicio moral sería que la libertad debe tener siempre como objetivo concreto la libertad, y por el hecho de que cada uno tiene una responsabilidad total (la libertad de cada uno compromete la libertad de todos), cada hombre de buena fe debe querer la libertad de los demás;
- por lo tanto, hay una cierta universalidad (la libertad como objetivo) en la moral existencialista, pero debe ser una moral concreta, y adaptarse a cada caso. La moral kantiana, según la cual tener por objetivo la libertad equivalía igualmente a tener por objetivo la de los demás, se limitaba a considerar que una acción debe ser válida para todo, debe ser aplicable a nivel universal para ser moral. Esta fórmula es puramente formal e insuficiente en ciertas situaciones concretas, como la del dilema del estudiante (*cf.* Resumen), puesto que ninguna de las dos alternativas (abandonar a su madre si ayuda a su país, o abandonar a su país si ayuda a su madre) puede apli-

carse de manera universal, ninguna respeta la ley moral kantiana. La moral existencialista propone, en cambio, que nos interesemos en la particularidad de cada caso: se trata de buscar «la libertad por la libertad y a través de cada circunstancia particular» (Sartre 2007, 17). Cada uno debe crear su solución frente a un problema moral concreto.

La visión existencialista del hombre le ofrece a este último su libertad total e inevitable. Puede ser pesimista y pararse frente a la angustiosa incertidumbre de la elección, o puede darse cuenta de que, como se construye a través de esas elecciones, son su única esperanza. En este sentido, el existencialismo se convierte en «un optimismo, una doctrina de acción» (Sartre 2007, 20).

UN ATEÍSMO COHERENTE

El punto de partida del existencialismo sartriano es la inexistencia de Dios; para Sartre, «el existencialismo no es nada más que un esfuerzo por sacar todas las consecuencias de una posición atea coherente» (Sartre 2007, 20). Esta idea empieza con la constatación que hace Dostoïevski: «Si Dios no existiera, todo estaría permitido» (Sartre 2007, 7). El desamparo del que habla Sartre es la ausencia de Dios, pero sobre todo, sus consecuencias: ya no hay valores fijados por el derecho divino, el hombre es, por lo tanto, la única fuente de estos. Los valores a los que opta no están inscritos y no son nunca definitivos, y ya nada le obliga a respetarlos. Elige él solo sus valores, puesto que ya no está justificado por Dios.

El desamparo implica la contingencia —es decir, el carácter innecesario, gratuito— de la existencia humana. La angustia, un concepto que Sartre retoma de Kierkegaard, es, cuando la sentimos, una puerta abierta que nos lleva a descubrir esta contingencia. A diferencia del simple miedo, la angustia es siempre angustia ante ella misma, no nos angustiamos por algo externo a nosotros mismos: el vértigo es, por ejemplo, una angustia, puesto que no es el vacío lo que nos da miedo, sino el saber que podríamos tirarnos a pesar de todas las razones que podríamos citar para no hacerlo —nos damos cuenta de que la actitud que nos permite seguir con vida (el hecho de no precipitarnos al vacío) es contingente (que puede producirse o no).

Ocurre lo mismo con cualquier elección: la angustia es el miedo a las posibilidades, a lo que podríamos hacer, a la libertad (puesto que toda posibilidad es contingente y, en el desamparo, está permitida) y a nuestra responsabilidad frente a la elección. Sin embargo, la angustia no es un obstáculo para la acción, es inevitable en tanto en cuanto acompaña toda conciencia con responsabilidad.

Sartre considera el existencialismo ateo, del que forma parte, más coherente que el pensamiento kierkegaardiano y que el existencialismo cristiano, puesto que suprimir a Dios sitúa al hombre en su contingencia; mientras Dios exista, el hombre no cree realmente en su libertad.

PISTAS PARA LA REFLEXIÓN

ALGUNAS PREGUNTAS PARA PROFUNDIZAR EN SU REFLEXIÓN...

- ¿Cómo puede la mala fe generar un juicio moral? Desarrolle su argumento ayudándose de ejemplos.
- Explique por qué la moral existencialista es una moral creadora.
- En su opinión, ¿por qué Sartre pretende que el culto de la humanidad «conduce [...] al fascismo»? (Sartre 2007, 19)
- ¿Cómo cree que el relativismo existencialista podría convertirse en un pensamiento peligroso?
- Explique por qué los términos «desamparo», «angustia» y «desesperación» pueden tener un matiz positivo y negativo.
- ¿Qué opinión le merecen las ideas de Sartre acerca de la vulgarización y el compromiso?
- Compare la definición husserliana de la conciencia con la visión sartriana del hombre.
- Camus es también un pensador «existencialista». Compare su pensamiento con el de Sartre.

PARA IR MÁS ALLÁ

EDICIÓN DE REFERENCIA

- Sartre, Jean-Paul. 2007. *El existencialismo es un humanismo*. Traducido por Victoria Praci de Fernández. Barcelona: Edhasa. Ebook en epub.

ESTUDIO DE REFERENCIA

- Tomès, Arnaud. 1999. *L'existentialisme est un humanisme. Sartre*. París: Ellipses, colección *Philo-textes*. *Commentaire*.

FUENTES COMPLEMENTARIAS

- Universidad Complutense de Madrid, "El existencialismo es un humanismo", 2016. Consultado el 5 de octubre de 2016. http://pendientedemigracion.ucm.es/info/bas/utopia/html/sartre2.htm

EN RESUMENEXPRESS.COM

- Guía de lectura de *A puerta cerrada* de Jean-Paul Sartre.
- Guía de lectura de *La náusea* de Jean-Paul Sartre.
- Guía de lectura de *Las manos sucias* de Jean-Paul Sartre.
- Guía de lectura de *Las palabras* de Jean-Paul Sartre.
- Guía de lectura de *Las moscas* de Jean-Paul Sartre.
- Guía de lectura de *¿Qué es la literatura?* de Jean-Paul Sartre.

ResumenExpress.com